LEKTÜRE HILFE

Odyssee

Homer

Odyssee

Homer

Verfasst von Hadrien Seret und Nasim Hamou

Übersetzt von Leonie Kremer

DER QUERLESER

Auf derQuerleser.de findest Du:
Zahlreiche verständliche und detaillierte Lektürehilfen in Nullkommanichts in digitaler Version oder als Taschenbuch.

HOMER

GRIECHISCHER DICHTER

- **Homer lebte im 8. Jahrhundert v. Chr.**
- **Seine Werke:**
  - *Ilias*, Epos
  - *Odyssee*, Epos

Da über Homers Leben nur wenig bekannt ist, haben sich schon zahlreiche Experten mit seinem Leben und der Frage, ob es ihn wirklich gab, beschäftigt. Die zwei populärsten Meinungen zu Homers Leben sind folgende:

- Die einen glauben, dass er zwischen dem 8. und 7. Jahrhundert v. Chr. gelebt hat. Ihnen zufolge war Homer Autor der *Ilias* und der *Odyssee* und ein Aöde, das heißt, ein Dichter, der Geschichten erzählt hat.
- Die anderen, die nicht an seine Existenz glauben, denken, dass der Name Homer die Bezeichnung einer Gruppe von Aöden war, die die zwei Werke verfasst haben.

Bis heute bleibt diese Angelegenheit ungeklärt.

ODYSSEE

EIN MÜNDLICH ÜBERLIEFERTES EPOS

- **Textgattung:** Epos
- **Herangezogene Ausgabe:** Homer: *Odyssee*. Aus dem Griechischen von Johann Heinrich Voß. Insel Verlag: Frankfurt am Main 1990.
- **Geschrieben im 8. Jahrhundert v. Chr.**
- **Themen:** Irrfahrt, Zorn der Götter, Schicksal, Mythologie, Liebe

Die *Odyssee* ist ein griechisches Epos mit mehr als 12.000 Versen. Die Handlung ist in 12 Gesänge unterteilt und konzentriert sich auf die Figur des Odysseus. Die Erzählung handelt von seiner Rückkehr aus dem trojanischen Krieg und ist in drei große Teile unterteilt:

- die Versammlung der Götter, die Odysseus Rückkehr nach Ithaka beschließen;
- die Abenteuer, die Odysseus in zehn Jahren, zwischen seiner Abreise aus Troja und seiner Ankunft auf der Insel von Ithaka, erlebt;

- Odysseus Rückkehr und Vergeltung an den Freiern, die seine Frau Penelope heiraten wollen, um an ihren Reichtum zu kommen. Er gewinnt nicht nur seine Familie, sondern auch seine Ehre und sein Eigentum zurück.

Die Einzigartigkeit des Werks besteht in seinem narrativen Aufbau (mit einer langen Analepse in der Mitte des Werks) und hat durch die Jahrhunderte hinweg viele Autoren inspiriert, was Homer internationale Anerkennung beschert hat.

INHALTSANGABE

Zeus, der oberste Gott, hat eine Versammlung auf dem Olymp veranlasst. Athene versucht ihn davon zu überzeugen, Odysseus von Poseidons Ungnade zu befreien und ihm die Rückkehr in seine Heimat Ithaka zu gewähren. Odysseus, der König von Ithaka, hat im trojanischen Krieg gekämpft und wird, nachdem er tausend Gefahren überstanden und sich dabei Poseidon zum Feind gemacht hat, von der Nymphe Kalypso auf deren

Insel gefangen gehalten, weil sie sich in Odysseus verliebt hat.

Odysseus Palast in Ithaka wird während seiner Abwesenheit von Freiern belagert, die seine Besitztümer plündern und darauf warten, die Frau des griechischen Helden, Penelope, zu heiraten. Diese verkündet, dass sie nicht heiraten wird, bis sie ihr Tuch zu Ende gewebt hat, welches sie jede Nacht wieder zerreißt, damit sie eine Hochzeit hinauszögern kann. Eines Tages verrät eine Dienerin die List ihrer Herrin und Penelope wird mehr und mehr von den Freiern bedrängt. Als Akt der Vergeltung verschleudern sie Odysseus Besitztümer und wollen nicht damit aufhören, bis sie eine Entscheidung getroffen hat. Dieser Situation überdrüssig, macht sich Odysseus Sohn Telemachos auf den Weg nach Pylos und Sparta, in der Hoffnung, Neuigkeiten über seinen Vater zu erfahren. Als er unverrichteter Dinge zurückkommt, tun sich die Freier zusammen, um ihn in einen Hinterhalt zu locken und zu töten.

In der Zwischenzeit profitiert Zeus von der Abwesenheit seines Bruders Poseidon und hilft Odysseus: Um ihn zu befreien, schickt er

Hermes zu der Nymphe Kalypso, bei der der Held Unterschlupf gefunden hat, um sie zu zwingen Odysseus frei zu lassen Mit ihrer Erlaubnis baut sich Odysseus ein Floß und verlässt die Insel. Allerdings sorgt Poseidon für einen Sturm, der Odysseus Schiffsbruch erleiden lässt. Seine Rettung verdankt er der Göttin Ino und den Bemühungen Athenes, durch die er es an das Ufer der Phaiaken, die unter der Herrschaft von König Alkinoos und seiner Frau Arete leben, schafft.

Im Traum von Athene dazu ermuntert, wäscht Nausikaa, Alkinoos Tochter, ihre Wäsche am Ufer, wo sie Odysseus findet. Sie erkennt ihn nicht und gibt ihm etwas zum Anziehen und zu essen. Sie gebietet ihm, ihre Mutter um Gastfreundschaft zu bitten. Nausikaa selbst geht zu ihrem Vater, um ihm von der Ankunft des Fremden zu erzählen. Mit Athenes Unterstützung, erklärt er, was ihm passiert ist. Als Alkinoos alles über den Schiffsbruch gehört hat, verspricht er Odysseus ein Schiff zu leihen, das ihn am folgenden Tag nach Ithaka bringen soll. Zu seinen Ehren wird ein Bankett veranstaltet. Dabei werden Lieder über Odysseus Heldentaten im trojanischen Krieg gesungen. Als er diese Geschichten hört, fängt er an zu weinen. Daraufhin fragt ihn Alkinoos nach seiner wahren Identität. Odysseus gibt sich zu erkennen und erzählt die Geschichte von seinem Unglück.

Nach dem zehnjährigen Krieg von Troja und dessen anschließender Zerstörung, an denen Odysseus teilgenommen hat, nahm er in Begleitung von ein paar Gefährten Kurs auf seine Heimat Ithaka. Zunächst machten sie noch einen Zwischenstopp in Kikonen, wo er und seine Begleiter alles plünderten. Da sie nicht gleich weiterfahren wollten, schlugen sie ihr Lager auf. Am nächsten Tag erlitten sie jedoch einen Gegenangriff mit einigen Verlusten. Sie flohen und landeten bei den Lotophagen, deren Vergessenstränke (diejenigen, die sie trinken, vergessen, wer sie sind) fast noch weitere Opfer forderten.

Die Seeleute kommen dann auf der Insel der Zyklopen an. Odysseus, der diese Monster aus der Nähe sehen will, wird in der Höhle des Riesen Polyphem gefangen, genauso wie seine Begleiter. Der Riese isst die Mehrheit der Belegschaft. Mit der Hilfe der Überlebenden macht Odysseus ihn betrunken, erzählt ihm Geschichten und rammt ihm dann eine Pfeilspitze in sein einziges Auge. Auf dem Rücken eines Mutterschafs gelingt es ihm auf sein Schiff zurück zu fliehen. Schwer verletzt bittet Polyphem seinen Vater Poseidon darum, ihn zu rächen.

Odysseus findet Zuflucht bei dem Gott Aiolos. Er bekommt einen Schlauch voller Windböen von ihm, die den Seefahrern eine schnelle Heimfahrt ermöglichen soll. Als Ithaka schon in Sichtweite ist, öffnen Odysseus Gefährten den Schlauch, weil sie dachten, dass sich Gold in ihm befände. Mit dem Entweichen des Winds entfernt sich das Schiff wieder von der Küste. Kurz danach wird die Flotte nach einem Kampf gegen die Riesen von Laistrygonen dezimiert.

Odysseus erreicht als nächstes die Insel Aiaia, wo er auch seine Kameraden hingeschickt hatte. Diese werden von der Herrin der Insel, Kirke, empfangen. Sie lädt die Männer zum Essen ein und verwandelt sie anschließend in Schweine. Als seine Kameraden nicht zurückkehren, sucht Odysseus sie bei der Zauberin. Kurz davor trifft er aber Hermes, der ihn vor der drohenden Gefahr warnt und ihm ein Mittel gegen Kirkes

Zaubersprüche gibt. Letztere versucht dann auch Odysseus zu verwandeln, aber dank des Mittels gelingt es ihr nicht. Dadurch erreicht er die Befreiung seiner Kameraden und lässt sich von Kirke in das Reich der Toten schicken, um sich vom Wahrsager Teiresias beraten zu lassen.

In Hades Königreich hört er das Orakel von Teiresias, das ihm von seiner dunklen Zukunft erzählt: Er wird den Sirenen entgegentreten (er sollte seinen Begleitern vorher die Ohren mit Wachs verschließen und sich an den Mast binden). Er wird auch den Monstern Charybdis und Skylla begegnen und dabei potenziell noch mehr Männer verlieren. Am Ende wird ihm noch geraten, keine Rinder auf der Sonneninsel zu essen, da ihm sonst großes Unglück passieren würde.

Zurück auf See werden alle Vorhersagen wahr. Auf der Sonneninsel wird er allerdings aufs Neue von seinen Begleitern hintergangen, die gegen seinen Befehl Rind essen. Das provoziert Zeus Zorn, der sie alle untergehen lässt, als sie wieder auf dem Meer sind. Nur Odysseus konnte auf die Insel von Kalypso entkommen, wo er anschließend sieben Jahre lang blieb.

Gerührt von dieser Geschichte bereitet Alkinoos das Boot nach Ithaka, wie versprochen, vor. Als es anlegt, wird das Boot von dem wütenden Poseidon versteinert. Der griechische Held wird von Athene in einen alten Greis verwandelt und begibt sich zu seinem ehemaligen Schweinehirten, Eumaios. Dieser ist seinem König noch immer treu, bewirtet ihn und berichtet von den Zuständen in Odysseus Palast, welcher immer noch von den Freiern eingenommen ist. Kurz danach kommt Telemachos zum Schweinehirten, der dem Hinterhalt dank Athenes Hilfe entgehen konnte. Odysseus zeigt seinem Sohn seine wahre Identität und zusammen planen sie ihre Rache.

Am nächsten Tag gehen die beiden (Odysseus ist immer noch ein alter Greis) zu dem Bankett im Palast. Odysseus wird wegen seines Aussehens als Bettler von den Freiern und einer Dienerin schwer beleidigt. Penelope denkt sich etwas Neues aus, um einer Hochzeit zu entkommen: Sie verspricht denjenigen zu heiraten, der es schafft mit Odysseus Bogen (er ist der einzige, der ihn spannen kann) einen Pfeil durch eine Reihe von zwölf Axtringen zu schießen. Kein Teilnehmer schafft es, außer Odysseus. Dieser tötet mit

Hilfe von Telemachos und einigen Verbündeten die Freier.

Odysseus wird von Penelope mit Freude begrüßt. Als er ihr ein Geheimnis über ihr Ehebett verrät, das nur er kennen kann (ihr Ehebett wurde aus dem gleichen Baum, wie das des Hauses geschnitzt), ist all ihr Misstrauen verschwunden. So kann er beweisen, dass es sich wirklich um ihn handelt. Sie verbringen die Nacht zusammen. Am nächsten Tag feiert Odysseus mit seinem Vater Laerte seine Rückkehr. Sie werden von einer Truppe, angeführt von dem Vater eines Freiers, angegriffen. Mit der Hilfe von Zeus und Athene überleben sie jedoch. Später versöhnen sie sich mit den überlebenden Angreifern und Odysseus kann wieder über Ithaka herrschen.

PERSONENANALYSE

ODYSSEUS

Der Epos der *Odyssee* handelt lediglich von einer Person; Odysseus. Dieser ist König der griechischen Insel Ithaka und musste wegen dieser Position in den trojanischen Krieg ziehen. Mit seiner Frau, Königin Penelope, hat er einen Sohn, Telemachos. Odysseus besitzt einige typische Charaktereigenschaften des homerischen Helden:

- **Im biologischen Sinne ist er ein normaler Mann**. Odysseus ist ein sterblicher Mensch, mit geerbten Stärken und Schwächen: Als seine Begleiter den Schlauch öffnen, ist Odysseus von Müdigkeit überwältigt, sein Leben wird oft von Göttern gerettet, wenn er in Schwierigkeiten ist, er ist oft entmutigt und bemitleidet sich.
- **Er unterscheidet sich von seinen Mitmenschen durch seine adlige Abstammung und Güte.** Wie schon weiter oben bemerkt, ist Odysseus der König von

Ithaka. Seine Eigenschaft als Souverän, wie sie bei vielen Figuren in Homers Epen vorkommt (Ajax, Agamemnon, Menelaos, Achilleus etc.), verleiht ihm eine gewisse Ausstrahlung. Homer fügt häufig noch eine positive Charaktereigenschaft, wie die Güte dazu.

- **Er besitzt eine individuelle Fähigkeit.** Der Anfang in *Odyssee* zeigt sie eindeutig: Odysseus ist „Der Mann der tausend Intrigen", wie es in dem homerischen Epitheton heißt (Attribut, der den Helden beschreibt und wie ein Vers rezitiert werden kann) und der Erfinder des trojanischen Pferds. Seine listige Art wird besonders in der Gefangenschaft bei den Zyklopen deutlich: Odysseus schafft es sich zu befreien, in dem er die Schwäche seines Widersachers (seine Blindheit) ausnutzt und ihn reinlegt, in dem er sich „Niemand" nennt, wodurch Polyphem ihn nicht erkennt.

Seine Rolle als Hauptfigur des Epos wird auch durch den Raum deutlich, den Homer ihm bei den Abenteuern einräumt:

- Seine Kampfszenen und Heldentaten werden immer vor die der zweitrangigen Personen gestellt (zum Beispiel, als Odysseus Männer von den Laistrygonern massakriert werden, konzentriert sich der Autor auf den Helden, der die Anlegestelle erreicht und flieht);

- Bei intimen Szenen, wie auf der Insel von Kalypso, legt der Autor mehr Gewicht auf Odysseus Beschwerden als auf die Sichtweise der Nymphe.

Odysseus kann wie ein Held mit zwei Gesichtern gesehen werden: eine unerschrockene und listige Seite, die ihm zu Heldentaten verhilft (zum Beispiel das Massaker der Freier oder die Verstümmelung des Zyklopen). Die andere Seite ist menschlich und beinhaltet all die für Menschen natürlichen Schwächen, die seine totale Unterwerfung unter die Götter (er erfährt Poseidons Wut und Athenes Gnade) zeigen.

ATHENE

Athene, die Kriegsgöttin, ist die Tochter von Zeus. Ihre Eigenschaften sind Intelligenz und Listigkeit, die sie mit ihrem Schützling Odysseus teilt. Sie zeigt sich als seine primäre Hilfe auf seiner Suche nach Ithaka. Ihre Unterstützung reicht von Seenotrettung (als Poseidon Odysseus in einen Sturm bringt, beendet sie ihn), bis hin zur Entwicklung von Intrigen und Tarnungen (sie verwandelt Odysseus in einen alten Greis, als er nach Ithaka zurückkehrt). Dadurch kann der Held Schwierigkeiten umgehen und gelangt an seine Ziele. Athene besitzt auch eine textuelle Bedeutung, da sie Start und Ende von Odysseus Reise markiert: Durch sie beginnen die Abenteuer des Helden erst, denn sie bringt Zeus dazu, Hermes zu Kalypsos Insel zu schicken. Sie ist auch diejenige, die die Reise beendet, indem sie Frieden unter Ithakas Bewohnern herstellt.

PENELOPE

Penelope, die Königin von Ithaka, ist die Frau von Odysseus und die Mutter von Telemachos. Sie hat eine wichtige Rolle in der *Odyssee*, insbesondere im letzten Akt. Sie ist das Objekt der Begierde der Freier, die ihre Familienbesitztümer während der Abwesenheit ihres Mannes plündern. Das ist Odysseus größtes Rachemotiv. Wie die Mehrzahl der weiblichen Personen in homerischen Werken (Arete, zum Beispiel) ist Penelope sehr treu, was auch die List mit dem Tuch erklärt, die sie sich ausdenkt, um weiter auf ihren Mann warten zu können. Dennoch ist auch sie listig und intelligent, wodurch sie sich von den anderen weiblichen Figuren unterscheidet.

TELEMACHOS

Telemachos ist der Sohn von Odysseus und Penelope und nimmt die Hauptrolle der ersten vier Gesänge ein, die deshalb auch unter dem Namen „Telemachie" bekannt sind. Er hat seinen Vater nie kennengelernt, ist ihm aber trotzdem treu. Dadurch ist er ein Beispiel für kindliche Frömmigkeit. Wie auch seine Mutter, ist er von dem Aufstand entsetzt. Obwohl er eine wichtige Rolle in der Gesellschaft von Ithaka einnimmt, scheint es so, als fehle es ihm an Autorität: Seine Widersacher zeugen ihm keinen Respekt, wahrscheinlich aufgrund seines jungen Alters. Um seinen Vater zu suchen, geht er mit Athenes Unterstützung auf Reisen. Dabei trifft er in Sparta auf die Veteranen vom trojanischen Krieg, Nestor, Pylos und Menelaos. In Ithaka wird er von den Freiern bedroht, die ihn in einen Hinterhalt locken, und erlebt so sein eigenes Abenteuer.

POSEIDON

Poseidon ist der Gott des Meeres und Vater des Zyklopen Polyphem. In seinem homerischen Epitheton wird er als „der, der die Welt erschüttert" beschrieben. Poseidon ist Odysseus Hauptgegner, weil dieser seinen Sohn verstümmelt hat. Für einen Seefahrer gibt es keinen schlimmeren Feind als den Gott des Meeres höchstpersönlich. Poseidon kann trotz seiner Allmächtigkeit das Schicksal nicht beeinflussen und Odysseus nicht töten. Noch immer zornig, bringt er ihn und seine Belegschaft auf eine Irrfahrt und setzt ihnen unzähligen Gefahren aus. Am Ende sind es Odysseus Begleiter, die den Preis dafür zahlen. Poseidon verkörpert die erbarmungslose Kraft des Ozeans und erscheint in der *Odyssee* als eine mürrische und rachesüchtige Gottheit.

INTERPRETATION

DIE ABSCHRIFT EINES MÜNDLICHEN EPOS

Egal welche Beweise für oder gegen Homers Existenz sprechen, man kann ihn nicht als Autor der *Odyssee* bezeichnen, zumindest nicht im modernen Sinn. Heute beinhaltet das Konzept des „Autors" einen originellen Schaffensprozess, was bei dem griechischen Aöden nicht der Fall ist. Am Anfang war die *Odyssee* eine Sammlung von Legenden, die ausschließlich in mündlicher Form übermittelt wurde. Diese Mündlichkeit lässt darauf zurückschließen, dass es so viele Versionen des Epos von Odysseus gab, wie Aöden in Griechenland lebten. Jeder von ihnen konnte die Geschichte mit ein bisschen Kreativität verändern oder nach seinen Eigenheiten als Aöde (jeder Aöde hatte seine eigene Art Geschichten zu erzählen) anpassen. Wenn Homer existiert haben sollte, kann man davon ausgehen, dass auch er seine eigene Version der *Odyssee* hatte.

Dank seines erlangten Rufs und der wahrscheinlich guten Qualität seines Werks, wurde seine Version als Referenzversion verbreitet, bevor es überhaupt schriftlich festgehalten wurde. Peisistratos (5. Jahrhundert v. Chr.) aus Athen sammelte die verschiedenen Versionen und konservierte sie in einer Bibliothek. Die Einteilung in 24 Gesänge wurde von griechischen Gelehrten von der Bibliothek in Alexandria zugunsten des Lesekomforts vorgenommen. Aus diesen Gründen muss man sich darüber bewusst sein, dass sich Homers Schaffen in der Erzählweise der Geschichte findet, die wiederum aus mehreren zusammengefügten Handlungen, Selbstreferenzen und den Rückblenden besteht, und nicht im Inhalt.

DIE VORAUSSETZUNGEN FÜR DIE DEKLAMATION

Die homerischen Epen wurden ursprünglich mündlich von Aöden vor einem Publikum vorgetragen. Die Länge der epischen Handlungen zwang die Aöden dazu, ihren Text über mehrere Tage hinweg vorzutragen. Durch die große Anzahl von Abenteuern wiederholte der Dichter einige Aspekte, um den Zuhörern das Erinnern zu erleichtern und keine essentielle Szene der Geschichte zu vergessen.

DAS EPOS

Das Epos ist ein langes episches Gedicht, das von den Heldentaten einer Figur aus der Mythologie oder der Geschichte erzählt. Das epische Gedicht ist eine Lobrede auf eine Person oder ein Volk, wobei zahlreiche Hyperbeln und andere Übertreibungen vorzufinden sind. Das Epos hat traditionellerweise seinen Ursprung in der Mündlichkeit. Das bisher älteste bekannte Epos ist das *Gilgamesch-Epos* aus dem 3. Jahrtausend v. Chr. Es ist in sumerischer Sprache verfasst und basiert auf sumerischen und babylonischen Legenden.

DAS HOMERISCHE EPITHETON

Hierbei handelt es sich um ein stilistisches Mittel, wobei einer Person eine präzise Charaktereigenschaft zugewiesen wird, die sich unaufhörlich wiederholt und so zu einem

Ausdruck wird, den man sich leicht merken kann. Odysseus wird immer wieder als „göttergleich" oder z.B. „edel" bezeichnet und Athene ist „Zeus' blauäugige Tochter". Dieses wiederkehrende Vorgehen steckt die Handlung ab und gibt ihr einen Rhythmus. Man findet es häufig in Schlüsselmomenten des Epos wieder.

DER DAKTYLISCHE HEXAMETER

Bei der Lektüre der *Odyssee* muss man im Hinterkopf behalten, dass die Übersetzung in Prosa in den modernen Ausgaben nur eine Anpassung an die Gewohnheiten des heutigen Lesers ist. Der „Originaltext" wurde in Versen verfasst und diese sollten skandiert, das heißt, vor einer Menschenmenge gesungen werden.

Um die Geschichte, die sie erzählen, mehr auszu-schmücken, spielten die Aöden mit dem Szenario des Texts, in dem sie mit ihrer Individualität und ihren Erzählerqualitäten eine eigene Version entwickelten, die man sich gut merken konnte. Der epische griechische Vers „par excellence" ist der daktylische Hexameter. Der Vers besteht aus sechs Daktylen. Ein Daktylus setzt sich aus einer langen und zwei kurzen Silben zusammen.

Manchmal kann man einen Daktylus durch einen Spondeus ersetzten, der zwei lange Silben aneinanderreiht. Eine kurze Silbe erzeugt beim Vortragen einen Eindruck von Schnelligkeit, während eine lange Silbe langsamer vorgetragen wird. Die Aufgabe eines Aöden besteht darin, die richtigen Reime an passenden Stellen der Handlung zu platzieren: Meistens bevorzugt er Schnelligkeit bei der Beschreibung von sehr bewegten Handlungen, wie bei Kämpfen zum Beispiel, wobei tragische oder feierliche Momente, wie Klagen und Monologe, langsamer vorgetragen werden. Die Variierung des Rhythmus erhält die Aufmerksamkeit des Zuhörers und macht die Handlung lebhafter.

DER AUFBAU DES WERKS

Der erzählerische Aufbau der *Odyssee* begünstigt die Effekte des Erzählstils und der Handlung. Das Epos wird in vier Abschnitte eingeteilt:

- **Die Telemachie**: Der erste Teil zeigt Telemachos bei der Suche nach einem Zeichen von seinem Vater und ermöglicht, dass Odysseus vorgestellt wird, ohne dass er selber erscheint. Eine mysteriöse Aura umgibt so den Protagonisten. Jeder spricht von Odysseus, meistens mit Bewunderung, aber niemand weiß, wo er ist. Manche halten ihn sogar für tot.

- **Odysseus Pech** von der Abfahrt der Insel von Kalypso bis zu seiner Ankunft am Hof von Alkinoos: Überall, wo der Protagonist auftaucht, wird er mit Gefahren konfrontiert. Odysseus wird dann für den Leser zum Erzähler und berichtet von schrecklichen Erfahrungen.

- **Odysseus Abenteuer**: Hier wird der Epos aus Odysseus Perspektive erzählt. Die Handlung wechselt daher von der Erzählung aus der dritten Person, in die erste. Die Person, die in Teilen vorgestellt wurde (der Erzähler und andere Personen) nimmt seinen Platz im Herzen der Handlung wieder ein. Der Rhythmus ändert sich und die Abenteuer reihen sich aneinander.

- **Odysseus Rückkehr**: Der allwissende Erzähler übernimmt wieder, nachdem Odysseus seinen Bericht beendet hat, um von dessen letzten Heldentat, seiner Heimkehr und dem Sieg über die Freier, zu berichten. Das Werk nimmt hier eine kriegerische Färbung an. Odysseus Misserfolge sind vergessen, stattdessen wird der lang ersehnten Rückeroberung des Palasts Raum gegeben.

In der *Odyssee* dauert es seine Zeit, bis alle aufgetreten sind und der Handlungsablauf entwickelt ist. Durch diese Struktur wird die Handlung besonders spannend, was vor allem beim Vortragen vor Publikum wichtig war und die Aufmerksamkeit der Zuhörer sicherte. Odysseus hat vier klar voneinander trennbare Gesänge. Direkt nachdem er auftritt, verwickelt sich Odysseus in spektakuläre Abenteuer, bevor er mit dem Aöden verschmelzt und von seinen Misserfolgen auf einer langen Reise erzählt, die schließlich triumphal endet.

DIE THEMEN IN DER *ODYSSEE*

Das Schicksal

An mehreren Stellen merkt man, dass Odysseus keine Kontrolle über seine eigene Existenz hat. Er ist oft in Konflikte mit den Göttern verwickelt, die sein Leben beeinflussen, sodass er wie eine hilflose Marionette erscheint. Zahlreiche Beispiele zeigen, dass er sich dem Willen der Götter unterwirft: Zeus erlaubt ihm, Kalypsos Insel zu verlassen, Athene und Ino bringen ihn wohlbehalten nach Phaiaken und Tiresias sagt ihm seinen Weg voraus. Der Held selber ist sich über die Manipulation bewusst, denn er beschuldigt die Götter, sobald ihm etwas passiert. Die Götter intervenieren zwar bei den Angelegenheiten der Sterblichen, doch auch sie sind den Launen des Schicksals untergeben. So kann Athene Odysseus nicht direkt helfen, sondern ihm nur Ratschläge geben und ihn leiten.

Die Rückkehr

Die *Odyssee* erzählt von Odysseus Heimkehr. Für diesen besteht seine Rückkehr aus zwei Elementen:

- **Eine materielle Rückkehr**: mit der Rache an seinen Widersachern erlangt Odysseus seine Besitztümer, sein Ansehen und seine Krone zurück.
- **Eine psychische Rückkehr**: die Rückeroberung von Ithaka zeigt seinen Wunsch danach, in sein altes Leben (Synonym für Glück) von vor dem trojanischen Krieg zurückzukehren.

DER TROJANISCHE KRIEG

Der trojanische Krieg ist ein bedeutender Konflikt in der Geschichte der griechischen Mythologie. Eine seiner bekanntesten

Episoden ist die von Achilleus Wut, die Homer in der *Ilias* erzählt. Darin geht es um Achilleus, der beste der archäischen Krieger (ein anderer Name für die Griechen), der sich nach einem Streit mit König Agamemnon, dem Befehlshaber der griechischen Armee, in sein Zelt zurückzog. Dieser Streit beeinflusste die Richtung, die der Konflikt nahm, und zeigte, dass Achilleus für den Sieg des Kriegs unerlässlich war. Zahllose mythologische Helden haben in diesem Krieg gekämpft (Ajax, Nestor, Odysseus, Menelaos, ...) und auch die Götter. Auch Odysseus spielte eine bedeutende Rolle bei der Klärung des Streits, da er die List des berühmten trojanischen Pferds ersann. Die Griechen versteckten sich in einem riesigen Holzpferd und konnten so unbemerkt in die Stadt eindringen, denn die Einwohner von Troja hielten das Pferd für ein Geschenk.

Die Liebe

Dieses Thema findet sich überall in der *Odyssee* wieder und kristallisiert sich in besonderer Weise bei dem Protagonisten heraus. Wegen seiner natürlichen Schönheit (manchmal durch göttliche Kunstgriffe verstärkt) wird Odysseus als ungewollter Verführer dargestellt. Es gibt viele Frauen, die ihn heiraten möchten: Kirke lädt ihn dazu ein, ihr Bett mit ihm zu teilen, Nausikaa ist seinem Charme verfallen und Kalypso bietet ihm Unsterblichkeit als Gegenzug für sein Herz an. Diese Situationen nutzt Homer, um die Moral seines Helden zu verdeutlichen: Odysseus verweigert sich anderen Frauen und liebt nur Penelope. Allerdings akzeptiert er, mit Kalypso und Kirke zu schlafen, da sich niemand weigern darf, mit einer Göttin das Bett zu teilen.

Das Übernatürliche

Das Übernatürliche bildet das Fundament der *Odyssee*. Es verleiht dem Text seine Bedeutung und seinen Zauber. Bei seiner Reise wird Odysseus mit zwei unterschiedlichen irrealen Phänomenen konfrontiert:

- **Das übernatürlich Göttliche** bzw. das Einschreiten der Götter in der ganzen Handlung: Dazu gehören die Verwandlung von Odysseus in einen alten Greis, die Versteinerung von Alkinoos Boot durch Poseidon oder der durch Zeus erzeugte Sturm.

- **Das übernatürlich Sagenhafte**, das sich vor allem an den Bestien zeigt bzw. den Kreaturen und anderen Monstern: Homer verwendet hier Charybdis, Scylla, Zyklope und Sirenen. All diese Wesen entstammen der griechischen Mythologie, die die Gefahren des Unbekannten symbolisieren und die der Aöde hier verewigt hat.

DIE INTERTEXTUALITÄT IN DER *ODYSSEE*

Die *Odyssee* ist ein Teil eines Netzes aus zahlreichen unterschiedlichen Mythologien. Die Figuren in diesem Epos sind entweder auch in anderen Mythen wiederzufinden oder sie stehen in Zusammenhang mit anderen mythologischen Helden. Die *Odyssee* bezieht sich demnach auf Mythen in Verbindung mit dem trojanischen Krieg: Man findet Anlehnungen an die *Ilias*, aber auch an die *Orestie* (Mythos der Rückkehr von Agamemnon, der von seiner Frau Klytaimestra und ihrem Geliebten Aigisthos getötet und von seinem Sohn Orestes gerächt wurde). Diese Referenzen erfüllen zwei Funktionen:

- **Die Mythen agieren wie ein moralischer Kompass für die Personen**. Die Geschichte von Orestes lässt sich mit der von Telemachos vergleichen:
  - Viele Personen halten Orestes für ein Vorbild für die Liebe zum Vater. Zeus, Athene und Nestor loben seinen Erfolg in der *Odyssee*.
  - Telemachos beweist seinem Vater genau so viel Treue wie Orestes seinem, der nicht davor zurückscheute seine Mutter und ihren Geliebten aus Rache für seinen Vater zu töten. Klytaimestra, Agamemnons Frau, erscheint wie eine Anti-Penelope, was Odysseus entgeht. Wenn Penelope Treue verkörpert, dann ist bei Klytaimestra das Gegenteil der Fall: Sie ist ihrem Mann nicht treu und tötet ihn sogar.
  - Helena, die in dem Epos an der Seite von Menelaos auftaucht, repräsentiert die Vergebung. Ihr wurde zwar verziehen, doch sie geht hart mit sich selbst ins Gericht: „Jener Held, da ihr Griechen, mich Ehrvergeßne zu rächen, Hin gen Ilion schiffet, mit Tod und Verderben gerüstet!" (4. Gesang, V. 145-146).

- **Die Mythen bieten Parallelen mit Odysseus Abenteuern**. Einige mythische Motive finden sich in der *Odyssee* wieder:
  - Im 4. Gesang erzählt Helena Telemachos die Geschichte von seinem Vater Odysseus, der sich als Bettler geschminkt hat und sich so nach Troja einschleichen konnte. Diese Geschichte wird in den letzten Gesängen in der *Odyssee* wiederholt, als Odysseus, als Greis verkleidet, unbemerkt nach Hause zurückkehrt. In beiden Fällen verkleidet sich der Held, um an einen gefährlichen Ort zu gelangen.
  - Eine weitere Parallele kann bei Menelaos' Erzählung über eine List von Helena gezogen werden. Diese hat während des Kriegs Archaier dazu gebracht ihren Standort zu verraten, in dem sie die Stimme einer ihrer Kameraden nachahmte und sie rief. Odysseus war der einzige, der nicht darauf reingefallen ist. Mit dem Wissen über diese Anekdote, kann man eine Verbindung zu der Geschichte mit den Sirenen ziehen.
  - Agamemnons Geist warnt Odysseus vor den Gefahren, die auf ihn bei seiner Heimkehr warten und sagt ihm, wie er gestorben ist.

Man findet also einige sich wiederholende Motive. Die Mythen aus der Vergangenheit agieren als Hinweise auf zukünftige Prüfungen. Die Mythologie in der *Odyssee* hat, wie in der Realität, ihre Hauptfunktion darin, ein moralischer Orientierungspunkt zu sein. Sie nimmt damit eine erzieherische Funktion ein: Sie zeigt einen Weg, dem man mit Hilfe von Beispielen folgen kann, und hilft dabei, zukünftige Proben zu meistern. Es ist interessant, dass die Intertextualität in der *Odyssee* so präsent ist, dass der Protagonist in einigen Gesängen zeitweise selbst zum Aöden wird.

ÜBERLIEFERUNGEN AUS DER *ODYSSEE* IN DIE DEUTSCHE SPRACHE

Heutzutage hat das Wort „Odyssee" dank des Erfolgs des epischen Werks Einzug in den gemeinen Sprachgebrauch gefunden. Man versteht darunter eine lange Irrfahrt. Ursprünglich betitelte das griechische Wort „Odyssee" das Epos von Odysseus und bedeutet so viel, wie „die Abenteuer von Odysseus". Die *Odyssee* hat einen so großen Einfluss auf die Literatur, dass aus einigen Szenen Sprichwörter geworden sind:

- „Zwischen Skylla und Charybdis sein": Diese Redewendung ist vergleichbar mit dem Sprichwort „vom Regen in die Traufe kommen" oder „sich zwischen Pest und Cholera entscheiden". Um von den Monstern loszukommen, muss sich Odysseus in die Fänge eines anderen Monsters begeben.
- „Der Sirenengesang": Dieser Ausdruck bedeutet, dass man gegenüber Erscheinungen misstrauisch sein soll, da diese, wie die Sirenen, mit ihrem schönen Aussehen und dem Gesang die Gefahr, die von ihnen ausgeht, verstecken.

ODYSSEUS, EIN UNTYPISCHER HELD

Ein griechischer Held ist eine fantastische Person, die aus der Verbindung eines/r Sterblichen und einer Gottheit hervorgeht und dessen Schicksal vorbestimmt ist. Der berühmteste griechische Held ist Herakles (Hercules in Latein), der Sohn von Zeus und einer Sterblichen. Er bewältigte die bekannten zwölf Arbeiten und wird von Heras Wut verfolgt.

Die *Ilias* beinhaltet zahlreiche Helden. Der trojanische Krieg ist das Paradebeispiel eines Kriegs zwischen Göttern und Helden, die sich untereinander messen (Achilleus, Hektor, Menelaos, Diomedes, Ajax, Kastor, Pollux, …), darunter auch Odysseus. Er ist aber anders:

- **Der „göttliche Odysseus" hat nichts Göttliches**: Seine Eltern sind sterblich und er hat keine übernatürlichen Superkräfte, nur eine Begabung; die List. Wenn man Odysseus und Achilleus miteinander vergleicht, sieht man, dass ersterer als ein blasses Abbild des anderen erscheint. Während Achilleus Stärken das Schild und die Lanze sind (Ausrüstung der Hopliten, der Name für die griechischen Infanterie, die bei Kämpfen in den Nahkampf treten), sind es für Odysseus die List und der Bogen (eine Waffe für den Weitkampf). Beide kämpften im trojanischen Krieg, hatten sich aber zuvor fast erfolgreich vor dem Militärdienst gedrückt. Achilleus wurde von seiner Mutter Thetis als Frau verkleidet und wurde dadurch beschützt. Odysseus hat sich selbst als Bettler verkleidet, in der Hoffnung nicht eingezogen zu werden. Unter dieser Prämisse wirkt Odysseus ängstlich und feige. Es ist interessant, dass Odysseus Sohn Telemachos heißt. Dieser Name setzt sich aus zwei griechischen Bezeichnungen *Têlé* (weit) und *Mâkhé* (Kampf) zusammen, was bedeutet „Der, der von Weitem kämpft". Der Name des Sohns sagt häufig etwas über die Eigenschaften des Vaters aus: Es stellt sich also die Frage, ob der Name ein Scherz sein soll, um Odysseus zu beschreiben, eine Person, dessen Stärke die List und nicht die Tapferkeit ist.

- **Odysseus begeht viele fatale Fehler**: Aufgrund seiner Neugier trifft er auf den Zyklopen und nachdem er entwischen konnte, verdammt er in einem hochmütigen Moment seine ganze Belegschaft, als er, berauscht vom Sieg, seinen richtigen Namen preisgibt (womit er Poseidons Wut auf sich zieht). In der Geschichte von Odysseus Misserfolgen erscheint er fehlbar, jammert und weint viel: Es fällt ihm sogar schwer, den Respekt seiner Kameraden zu gewinnen. Diese öffnen den Schlauch der Winde und essen seiner Mahnungen zu trotze das Rind auf der Sonneninsel. Einer von ihnen, Eurylokes, stellt Odysseus Urteil in Bezug auf Kirke in Frage: „Denn durch dessen Torheit verloren auch jene das Leben!" (10. Gesang, V. 437) sagt er und bezieht sich damit auf Odysseus Wut.

- **Odysseus Motive haben nichts Heroisches**. Achilleus und andere Helden kämpfen um ihren Kleos (ihren Ruhm), Odysseus Ziel ist es nach Hause zu kommen. Er strebt nach keiner bestimmten Reputation. Diese kann nur im Krieg, durch besonderes Hervortun auf dem Schlachtfeld, erreicht werden. Deshalb ist Odysseus bereits vor Beginn des Werks dank seiner Teilnahme am trojanischen Krieg berühmt. Athene, in ihrer Rolle als Mentorin, tritt ihm in den Versen 226-235 im 22. Gesang entgegen und sagt ihm, dass er nicht länger die gleiche Tapferkeit wie im Krieg hat. Möchte sie mit diesen Worten Odysseus darin bestärken bei seiner Rückkehr seine Gegner zu töten oder meint sie es wörtlich? Immerhin ist er der einzige, der ohne hervorstechende Tapferkeit trotzdem ein Held ist.

Odysseus erscheint weniger stark als andere epische Helden, aber es lohnt sich trotzdem die *Odyssee* zu lesen. Er ist keine Parodie eines Helden, sondern präsentiert nur eine andere Form: den menschlichen Helden. Er ist ein ganz normaler Mensch, der gegen die widrigen Umstände kämpft, die ihn in Stärke und Ausmaß überwältigen. Mit seiner Waffe in der Hand kann Odysseus nichts gegen Poseidon, Polyphem oder den Riesen Lestrygon unternehmen. Das, was er machen kann, ist mit seinem menschlichen Einfallsreichtum den gefährlichen Situationen zu entkommen. Odysseus, der flieht, sich verkleidet und nicht immer das Vertrauen seiner Begleiter hat, ist ein einfacher Mann, der sich nichts sehnlicher wünscht, als nach Hause zu seinen Liebsten zurückzukehren. Heute ist Odysseus das Inbild des listigen Helden, der seinen Intellekt benutzt. Außerdem geht er als Abenteurer und Umherreisender auf die Entdeckung des Unbekannten.

ZUM NACHDENKEN

FRAGEN ZUR VERTIEFUNG

- Im Gegenteil zur Mehrheit der mythischen Helden besitzt Odysseus keine besonderen physischen Merkmale (keine übermenschliche Kraft oder Unverwundbarkeit). Er vollbringt trotzdem außergewöhnliche Heldentaten. Wie schafft er das?
- In der Handlung haben die Götter eine große Bedeutung und sind omnipräsent. Was charakterisiert sie? Inwiefern unterscheiden sie sich von dem Gott des Christentums?
- Die Szene mit dem Schlauch zeigt die Neugierde der Männer. In welchen anderen Mythen kann man ähnliche Szenen finden?
- Wie nutzt Penelope die Ungeduld der Freier aus? Erinnert Dich diese List nicht an göttliche Bestrafungen für Helden aus anderen Mythologien? Was symbolisieren diese Aufgaben?
- Welche Rolle spielt Athene? Inwiefern schreitet sie in das Geschehen ein?

- Welche stilistischen Merkmale sind typisch für die Mündlichkeit von Homers Werk?
- Kann man sagen, dass Odysseus freie Entscheidungen treffen kann? Warum?
- Welche Rolle spielt Liebe in dem Werk? Wie kommt sie darin vor?
- Erkläre die Ähnlichkeit zwischen der *Aeneis* von Vergil (lateinischer Poet, 70-90 v. Chr.) und der *Odyssee*, vor allem im Bezug zum Inhalt und zum Stil.
- Odysseus besucht das Königreich der Toten auf seiner Reise. Kennst Du andere mythologische Helden, die etwas Ähnliches erlebt haben? Wenn ja, vergleiche ihre Abenteuer mit denen von Odysseus.

Deine Meinung ist uns wichtig!
Hinterlasse doch einen Kommentar auf der Seite
unser Online-Buchhandlung
und teile Deine Favoriten in den sozialen
Netzwerken!

DARÜBER HINAUS

HERANGEZOGENE AUSGABE

- Homer: *Odyssee*. Aus dem Griechischen von Johann Heinrich Voß. Insel Verlag: Frankfurt am Main 1990.

SEKUNDÄRLITERATUR

- Borchhardt, Jürgen: *Der Zorn des Poseidons und die Irrfahrten des Odysseus*. Phoibos Verlag: Wien 2015.

- Eichhorn, Friedrich: *Homers Odyssee. Ein Führer durch die Dichtung*. Vandenhoeck & Ruprecht: Göttingen 1965.

- Luther, Andreas: *Geschichte und Fiktion in der homerischen Odyssee*. C. H. Beck: München 2006.

VERFILMUNG

- Die Odyssee. Film von Franco Rossi, mit Bekim Fehmiu, Irene Papas, Renaud Verley. Italien 1968.

- *Die Abenteuer des Odysseus*. Film von Andrei Konchalovsky, mit Arman Assante, Greta Scacchi, Isabella Rossellini. USA 1997.

- American Odyssey. Fernsehserie von Devin Rich und Peter McAleese, mit Anna Friel und Peter Facinelli. USA 2015.

derQuerleser**.de**

Literatur auf den Punkt gebracht!

www.derQuerleser.de

ISBN digitale Ausgabe: 9782808009829

ISBN gedruckte Ausgabe: 9782808012348

Pflichtexemplar: D/2018/12603/369

Cover: © Plurilingua

Logo: © Graphicrepublic (Freepik.com) und Plurilingua

In Zusammenarbeit mit Nasim Hamou für die Kapitel „Telemachos", „Poseidon", Die Intertextualität in der *Odyssee*, „Der Aufbau des Werks" und „Odysseus, ein untypischer Held".

Digitale Aufbereitung: Primento, der digitale Partner der Herausgeber